Venta de Ilusiones

Diego Muñoz Valenzuela

出售幻觉

〔智利〕迭戈·穆尼奥斯·瓦伦苏埃拉 著 范童心 译

孙新堂 罗豹鹿 莉亚娜·阿尔索夫斯卡 校订

漓江出版社

桂图登字：20-2018-109

图书在版编目(CIP)数据

出售幻觉 /（智利）迭戈・穆尼奥斯・瓦伦苏埃拉著；范童心译. —桂林：漓江出版社，2019.9（2020.6重印）

书名原文: VENTA DE ILUSIONES

ISBN 978-7-5407-8710-3

Ⅰ.①出… Ⅱ.①迭… ②范… Ⅲ.①小小说-小说集-智利-现代 Ⅳ.①I784.45

中国版本图书馆CIP数据核字（2019）第152787号

出售幻觉

CHUSHOU HUANJUE

［智利］迭戈・穆尼奥斯・瓦伦苏埃拉 著
范童心 译

出 版 人：刘迪才
策划编辑：陆 源
责任编辑：陆 源
助理编辑：孙静静 林培秋
装帧设计：周伟伟
责任监印：黄菲菲

出版发行：漓江出版社有限公司
社 址：广西桂林市南环路22号
邮 编：541002
发行电话：0773-2583322 010-85893190
传 真：0773-2582200 010-85890870-814
邮购热线：0773-2583322
电子信箱：ljcbs@163.com
网 址：http://www.lijiangbook.com

印 制：香河县闻泰印刷包装有限公司
开 本：787 mm × 1092 mm 1/32
印 张：5.25 字 数：60千字
版 次：2019年9月第1版 印 次：2020年6月第2次印刷
书 号：978-7-5407-8710-3 定 价：40.00元

目录

“趣味总管”

——迭戈·穆尼奥斯初印象

| 阿乙

2018年10月，作为“中国作家拉美驻城”项目的受益者，我到访圣地亚哥，有幸和智利同行交流。迭戈·穆尼奥斯·瓦伦苏埃拉作为智利文学协会主席，虽然个性低调、寡言，但他在智利文坛的重要性还是在交流现场显露无余。我们面对面说了一些对自己祖国文学的看法。最近，青年译者范童心译毕迭戈的微型小说集《出售幻觉》。这是迭戈的书籍第一次被翻译成汉语。看过译稿，我对迭戈的认识也就更多并且更直

观了。

范童心常年客居墨西哥，热衷文学，对拉美文学的现状了解很多。她跟我说，她手头有四五位当代拉美作家的作品等待被译为中文，迭戈·穆尼奥斯是其中第一位。她强调，迭戈处于一种卡夫卡的状态，是一位资深的工程师，有自己的顾问公司，还曾涉猎人工智能领域，只是用业余时间来写作。我想，迭戈写有那么多微型小说，有那么多微型小说集出版，可能就和他写作时间紧迫而分散有关。迭戈同时也是在理工科领域有建树的学者，并创作科幻作品，获得过智利国家文化艺术奖、圣地亚哥政府奖、微型小说“蜂鸟奖”等重要荣誉。类似范童心对迭戈的推崇，我在智利游学时，也在智利作家、智利出版社及一些汉学家那里看见过。

我记得，那天在聂鲁达宾馆和智利笔会交

流时，智利来了十余位重要作家，要么两鬓霜雪，要么拄杖而行。他们——包括迭戈·穆尼奥斯——都在本国拥有极高的荣誉。坐在他们对面的东方来客，一个后生，却只知道已故的聂鲁达和罗贝托·波拉尼奥，反反复复只能去说那个古老的概念——“文学大爆炸”。这是相当遗憾的事。正如他们对中国文学的现状也是一无所知一样。

近年，由孙新堂先生主导的“中国作家拉美驻城”项目，推动阿来、方方、刘震云、于坚、李敬泽、徐则臣、赵丽宏等中国作家前往墨西哥、阿根廷、智利、哥伦比亚等国体验生活、参加交流活动，促使拉美文坛对中国文学关注加深。像阿根廷AH出版社、智利LOM出版社已经在成体系出版中国作家作品，智利作家拉蒙·迪亚斯也在文学评论杂志《句号》

（*Punto Final*）及各大文学网站以专栏形式持续介绍当代中国作家的作品。与之相应，我们中国的出版机构也在强化对拉美当代作家作品的出版，比如上海文艺出版社、人民文学出版社这几年就出版过亚历杭德罗·桑布拉、萨曼塔·施维伯林、吉列尔莫·马丁内斯等拉美中青年作家的作品。当然也包括漓江出版社即将出版的这本《出售幻觉》。桑布拉、施维伯林、马丁内斯和迭戈·穆尼奥斯本人在近年均已访华。相信这些出版和交流活动有助于中国读者更直观地感受到最前沿的拉美文学，感受到它的新意。

具体到迭戈·穆尼奥斯先生，具体到这本书，我感觉他对趣味的追求远大于对野心的实现。这让我想起了人们对卡瓦菲斯诗歌的评价：集客观性、戏剧性和教谕性于一身。迭戈在

2016年底于云南丽江参加第三届大益国际当代文学论坛时曾说过，自己的祖国智利，正如众多拉美国家一样，曾经在不久以前经历过一段异常黑暗的时期。而他作为一介书生，写作是他宣泄内心能量的窗口，也是寻找光明的探求。他最短的篇章比日本俳句还要短。大多数篇章都在几分钟内就读完了。然而这些篇章并无一篇走形，可能就和钻石一样，待在这本书里，闪闪发光。正如布罗茨基所说："这是一种成熟的简练，而为了达到进一步的简练，卡瓦菲斯诉诸贫乏的手段，使用原始意义的文字。"我在这里看见南美深远的过去（神话、掌故、民间传说），看见博尔赫斯对圈套、迷宫、梦、幻觉、时间的反复把玩，也看见大量从小耳熟能详的人物和故事，以及对它们令人脑洞大开、瞠目结舌的颠覆和意料之外的反转，还有伊索、爱伦·坡、弗兰茨·卡夫卡，还有诗歌……迭戈对卡夫卡的继承是惊人的，既体现在他对人类境况有一种总结的欲望，也体现在他对卡夫卡的修改。比如《变形记 2》里他写道：“醒来以后，我发现自己变成了一只巨大的甲虫。但我一点儿也没有着慌，因为已经读过卡夫卡了。”如果说卡夫卡通过变形让人看见人类被驱逐的境况，那么迭戈·穆尼奥斯则让人看见人类通过变形为所欲为的恶意。在《他者》一文里他又回到对卡夫卡荒谬的继承：“男人醒来，感觉异样，仿佛自己是《变形记》中的格里高尔·萨姆沙。旁边是一个熟睡的女人，不知道是谁。走进浴室，打开脸盆上的水龙头，他拼命往脸上泼水，但还是没有清醒。镜子里的是一张陌生的脸，他捂住嘴巴，才阻止了自己惊声尖叫。”

卡夫卡是写作人的解放者。博尔赫斯也是。

他们制造了玲珑剔透的机械，然而无意将它发射至太空。到我的书里来获取趣味吧，这应该是迭戈·穆尼奥斯从办公室回到家后，对自己将要写的东西的期待。

延迟

劳尔站在公交站边，腋下夹着文件夹。小巴士正好停在他面前，他一跃跳上踏板，买了车票，没仔细看司机，径直走到车厢尽头坐下。

过了一会儿，他意识到，自己是车上唯一的乘客。巴士里面虽然只载了他一个人，却前进得缓慢无比。

“真是无语！”他一边嘟囔，一边咬着自己的嘴唇。

劳尔看了看时间，发现已经晚了。城市中

的街道和树木在他眼前缓缓移动，他考虑去催催司机。

红灯。又多了四十秒！

“我说，能开快点吗？拜托……”怒气被不由自主的羞涩背叛了。

司机继续开着车，好像根本没人讲过话一样。

肯定是没法儿按时到了，劳尔的内心开始听天由命。

“您就是飞也飞不快吧！”劳尔吆喝，愤怒中夹着几分挖苦。

“您确定吗？”司机问道。

突然，巴士的两侧传来一阵可疑的颤动声，劳尔立刻察觉出这架机器已经像怪兽一般古老，并发现司机的声音自己是认得的。他欠身想看看发生了什么，但刚站定，巴士就腾空飞了起来，向前冲去。

这时司机向他转过头来，邪恶地挤了挤右眼。

奥斯维辛

老人不紧不慢地走下通向地铁站的楼梯。他不着急，因为没有任何人在等他。随着几年前妻子的去世，他没留下一儿半女的婚姻彻底烟消云散了。这记忆已不再使老人悲伤，他现在已经无动于衷了。每个月一次，老人打起精神出门取退休金支票，他并不欢欣鼓舞，而更像是履行一种责任。支票至少让他没有太大的经济压力，足以继续自己平淡无奇的生活。也许，他是一个平凡而幸运的人。

已经是中午了，燥热的空气预示着夏天即将到来。不过，老人依然穿着厚厚的风衣，他这个年纪已经对气温变化没那么敏感了。

终于下完楼梯，他走向售票处，里面是一个板着面孔的金发中年女人。老人花了好一会儿才把买票用的硬币凑齐，售票员一直不耐烦地盯着他。最后终于交好钱，拿到了一张蓝色的票。慢慢走远，那女人冷漠的目光依然让他背脊发凉，却不敢回头看一眼。

登上站台，感觉有些累，走这一趟对他来说可不短呢。他在一张塑料椅子上坐下来，从那里能清楚地看到整个站台。面前是一帮叽叽喳喳的女孩，一直相互嬉笑打闹着。他旁边站着一个高个子男人，大腹便便，留着两撇修得很整齐的八字胡，目不转睛地盯着女孩子们看，不放过她们的一举一动——有时裙摆转开，能一瞥白嫩的大腿，或者偶尔在大胆的低领口边，隐隐约约瞄得见饱满胸脯上肿胀的乳头。这个男人，他想，应该有四十多了吧。奇怪的是，对面站台竟然一个人也没有。老人的观察被地板的震颤打断——不，不是地震，他已经习惯了，这是地铁快要来了，车进站前总是会有这种响动。一节节明亮的车厢一侧，车门依次打开，乘客们蜂拥而入，女孩们和那个四十多的男人都在老人前面上了车。车厢之前几乎是空的，所以很容易找到座位。四十多的男人坐在了女孩们对面，性冲动根本掩饰不住。一个拎着好多袋子的中年胖女人一边不停地抱怨炎热的天气和物价飞涨，一边大口咀嚼着巨大的巧克力。再往那边是一个十五六岁的少年，面对女孩子们抛过来的媚眼和浪笑，他羞红了脸。四十多的男人坐立不安，对这毛头小子怀恨在心。

车站一个个闪过，令人眩晕。女孩中的一个借口要火柴，凑过去向少年搭讪。老人考虑要警告他们一下——车厢里严禁吸烟，但想想还是算了。少年拿出了火柴，两人点燃了香烟。中年妇女嘴里塞满了巧克力，也不知在嘟囔些什么。两个年轻人聊得火热，开始打情骂俏起来。其他女孩子也蠢蠢欲动，都盯着四十多的男人，撩人心魄的游戏升级了。车厢尽头一对情侣横躺在座位上拥吻。中年妇女抛给老人一个鄙夷的目光，似乎在暗示什么。女孩们围绕着欣喜若狂的四十岁男人。老人看着不住挤眉弄眼的中年妇女，心中一阵恶心。年轻人宽衣解带，老人瞬间觉得这一切是那么荒诞不经。广播中的声音宣布所有人必须离开车厢，列车停止了行驶，但车门仍然关着。外面是厚厚的浓雾，大家愣了几秒，都站起身来，除了老人。所有人都奔到紧闭的门前。

毒气从早已精心隐藏在车厢里的管道中冒出，所有人都开始声嘶力竭地尖叫，用力拍打车门上的玻璃，徒劳地抠着黏合用的橡胶。从车厢外能清楚地看到中年妇女一边尖声大叫砸玻璃，一边往外吐嘴里的巧克力。四十多的男人紧握的双拳伤痕累累，鲜血顺着玻璃直流下来。女孩们和少年都在歇斯底里地号叫。只有老人在座位上一动不动，大口大口地呼吸着致命的毒气。

模糊的男人

——选自新版《隐形人·一切尚未结束》

那个家伙没有什么明显的特征——棕色皮肤，中等个子，胡须刮得很干净，深色的衣服，全身上下没有什么会引起过路人的注意。所以，他对街上的行人、超市中的消费者、巴士或地铁中的乘客来说，都是隐形的。如果他穿上牛仔裤和手工坎肩，手上抓着几本书和笔记本，会被认为是哪个大学校园里的学生；如果换上旧靴子、拼接破洞牛仔裤和外套，就能去参加选举集会了；有一套体面的西装，就可以出入写字楼、专业院校和私立教育机构；戴上鸭舌帽、围巾，配一件破旧的大衣，便可以欣赏朗诵会、音乐会和剧场表演。当然，穿上旧衣服，能扮演的角色就更多了：路边的小贩、无业游民、拿最低薪资的工人，等等。总而言之，他有一项特技，一项能随时随地变成任何人的非凡能力。一个千面的男人，每一位演员梦寐以求的身份。不过，一个喜剧演员总是希望自己的演技能够成为众人瞩目的焦点；而他的追求恰恰相反，他不想被任何人看到或听到。威尔斯的“隐形人”，莫泊桑的“奥尔拉”。

我们管这个男人叫米格尔吧，虽然他在各种证件中使用过的名字不计其数。即使不知道他真正的名字是什么，我们也这样叫他吧，因为这是他自己最喜欢的名字。事实上，多次研究提供的数据表明，他在一生中曾二十余次使用这个化名，这种特殊而持续的喜爱，与他变幻无穷的外形和举止并不相符。

自孩提时起，就几乎没人注意过米格尔。他出生在一个中产阶级家庭，与这个国家中成千上万其他中产阶级家庭并无二致。他有兄弟姐妹，家中的每个孩子都上了大学，但没有人特别注意米格尔的存在，包括他的父母。还是婴儿的时候，他就常常几小时在沉默中度过，到了吃饭时间也不出声，尿片湿了也不抱怨，经常几天都不吃东西也不换衣服。他能存活下来，就是个不小的奇迹。后来，上学的时候，他练就了走过绝不会被老师发现的本领，从来没有被问过话，没有人发现过他的缺席，也注意不到他的在场。他的父母从未收到过参加家长会的通知。不管他答不答笔试题，结果都一样：成绩不好不坏。就这样，米格尔读完了中学，过早地面临着自给自足的问题，因为家里根本没有人给他吃的，他们连跟他说话的时间都没有。

有一天，他发现自己的卧室变成了一间书房，就毫无怨言地离开了。他没有跟谁告别，有什么必要呢，反正也不会有人注意。他游荡了很久，一直没有找到工作。临床专家们的结论是，也许就是在这个时期，他心中的怨恨慢慢积累，成了后来所作所为的诱因。更多的人（但这些人都是精神科外行）坚信，他心中并没有恨，也没有特别享受自己给人造成的创伤，只是把自己的工作当作谋生的方式，就像任何其他行当一样。要选择只支持其中一方很难，我们更倾向于相信，在他的意识中，两种态度是辩证共存的。

终于，经历过各种苦难之后，他有了一些朋友。跟他们一起，他也找到了适合自己的行当和生意。事实上，之前他几乎什么都做不成，尝试所有能想到的职业都失败了，最后才找到了自己的位置。他经历了漫长的培训，取得不错的成绩，也因此第一次在人生中得到认同和尊重。这对他是很大的激励，让他得以实现日后卓越的专业水平。他一点点地脱颖而出，赢得了上司们的信任，他接受的使命的重要性也持续提高。一开始分配给他的都是很小规模的组织：中下等街区一个由动脉硬化的迟钝退役老军人领导的邻里集会；人口稠密城镇中的青年运动俱乐部。一切都是浪费时间和精力，因为最终证明，每一个成员都隶属于各种情报机构。他们互相监视，包括攻陷总部那天，都是各个政党不约而同一起完成的，真相大白。至少动员行动还在——“我们来都来了，那就让运动开始吧”，有人这样说，大家开始动手干活。

后来他读了大学，几十名学生被开除学籍都

与他有关；他也介入了对杰出学生领袖的审讯，作为执法者，因倡导那些被捕的人亦应得到公正与尊重而知名。不过，他伪装的天分并非永远无穷无尽，也有让受害人认出的时候。担心他的生命受到威胁，总部就把他派往别的项目。他几乎是神一般的存在，以不同的面孔和装束在各处出现，收获的薪水和奖金都非常丰厚。

政权末期，他设法把自己放在了一个无足轻重的位置，是一个部门的地下楼层，一个鲜有动静的阴暗办公室。他在那里平静地度过了十几年：收邮件，做收据，按时间顺序给文件归档。直到上周，一个老妇人走下楼梯，走进米格尔并不适宜待客的办公室。认出米格尔的一瞬间，她打了个冷战。老妇人走近窗户，一个字也没说，直接朝米格尔脸上吐了一口唾沫。米格尔惧怕极了，想要逃走，却不敢到街上去。他待在原地没动，等待着命运的安排。接下来的几个小时，没人来送或是要文件，却有很多人走下楼梯，往他的脸上吐口水，一切都在沉默中进行，没有人指责他什么。他一动不动站在窗边，形容枯槁、筋疲力尽，呆呆地面对着一条无穷无尽、永远有人加入进来的队伍。脸上的唾沫几乎要将他窒息时，他才掏出一条肮脏的手帕抹上一下。仿佛站在那里的并不是人，仿佛那扇窗前只是一片茫然的空间，人们对着它，唾弃自己的伤痛、愤怒与憎恶。

假面游戏

他星期六中午开车从家中出来。加减速很困难，换挡也总是卡住。方向盘沉得不行，每次转弯他都骂骂咧咧。天气很热，每次大滴的汗顺着脸颊滑下来，他就用手帕擦掉。但是他不开车窗，这样别人就不会知道自己的车没装空调了。在一个拥堵的路口，他从杂物匣里掏出手机，作势拨通一个号码。指手画脚，高谈阔论，假装倾听，一会儿气愤一会儿大笑。他觉得这玩意儿真是个完美的伪装。自己应该是人们目光的焦点，大家都在羡慕他远程敲定了一桩桩跟香港的生意。在超市里，他把购物车用高档的商品堆满——威士忌、最好的葡萄酒、精致的奶酪、法国鹅肝酱、牛排、热带水果、巧克力球……遇到朋友们，他聊起自己的成功，也倾听对方的。他谨慎地靠近推销员，先是左顾右盼，等到了跟前，态度庄重地试一试产品，拼命掩饰心中的迫不及待。他继续跟大家打着招呼，不停接听新来电，微笑，他要显得快乐。不能让别人知道自己的辛苦和一败涂地。不能让别人知道他已经失去了灵魂。

魔法师之死

世界上最后一个伟大的魔法师行将就木，他的身体已经无比衰老，油尽灯枯，但精神却依旧清明。那曾经风靡千百年的辉煌魔法，也强大如初。

成百上千的奇幻生物聚集在独角兽皮做成的病床前，向魔法师做最后的告别。它们都是他终其一生用自己伟大的法术创造出来的——有天使和人鱼，有狼人和吸血鬼，还有他最喜欢的章鱼怪和海蛇精……这些光怪陆离的生命都悲伤得不能自已，在独角兽皮做成的床边低声啜泣，即使是那些平日里无时无刻不翻江倒海的物种，此刻都默然肃立，不曾发出一丝响动。

“只有人类没来，”老人环顾四周，脸上是掩饰不住的痛楚，“只有他。”随后，溘然长逝。

遭遇

晚上。他坐上一辆出租车。车开了。司机抢劫了他。把他的钱和证件都拿走了。他被扔在阴暗的街角。来了一伙持枪的强盗。他们扒下了他的衣服。一哄而散。他赤身裸体，寻求救助。一辆警车停下了。他被暴打一顿，因为身上没有证件而被捕。警察怀疑他是强奸犯。他和几个鸡奸犯被关在了一起。他被强奸了。他大声呼喊。没有人来。第二天他被带到看护病房。医生说需要给他换牢房。他被带到了关押政治犯的地方。几天以后他被审讯。没有人相信他说的话，因为他没有合法证件。没有人记得是谁把他抓来的了。他被严刑拷打。问他谁是他的上线，他陈述了自己的遭遇，所有人哄堂大笑，都不相信他说的话。他又被独自关押了几个月，与世隔绝。人们终于记起这个人的时候，打开牢房一看，他已经骨瘦如柴，疯疯癫癫。他被送进了疯人院，他尖声大叫，不让任何人碰。终于，他死了。

围城

城堡已被敌军包围，守城的将士们饥渴难耐、筋疲力尽。深陷重围的男爵走投无路，将法师召来。法师施展了对换的法术，侵略的队伍瞬间到了城墙之中，严防死守；而男爵的部下则从城外猛烈地进攻。

敌人的首领猛然惊醒，愕然回顾刚才的梦魇，下令攻城。

男爵在华贵的宝座上醒来，意识到自己体力不支睡着了。他听见战场上的号角响起，强打精神开始指挥防守。

法师的笑声响彻堡垒、战壕和吊桥，在平原之上飘荡。他向四周发射着无与伦比的魔咒，哈哈大笑。

男爵不顾一切，率领手下的士兵冲上城堡的高塔。

耳中只有敌人冲锋的呐喊，男爵拔出长剑，奔向也许是他此生中的，最后一场战役。

天使

天使在城市上空非法飞行，让人抓了起来，被控以违反空中交通法规、扰乱公共秩序及不按规定打转向灯等罪名。

面对这等指控，天使无以辩护。在牢房里，他思考着自由的意义，决定换一份风险没这么高的工作。

刽子手

刽子手迫不及待地打磨着自己手中的斧子，直到它闪闪发亮。他露出微笑，静静等待。但他一定从围观人群的目光里看出了什么，脸上的笑容僵硬了，取而代之的是深深的恐惧。

行刑官骑马驰骋而来，宣布了即将被砍头的罪人——刽子手本人。

勇士

游牧部落中最骁勇善战的壮士站在路边，鄙夷地望着逐渐远去的大篷车。他觉得里面的人都胆小如鼠，没一个有能力独自在沙漠中存活。

他们都不是真正的男人，他想。

几天以后，勇士被烈日暴晒而死，尸体被凶残的秃鹫啄食得只剩下残骸。他的傲慢是无尽黄沙中刺眼的白骨。

人生如梦

睡去，在美梦中飞翔；

醒来，在空虚中坠落。

弓箭手

敌人形单影只，手无寸铁，心无旁骛地照料着一朵光彩照人的玫瑰。黑暗邪恶的弓箭手瞄准他的心脏，一支支利箭飞射而出。

箭准确无误地穿越山谷，抵达目的地，但都惧怕自己被残忍和鲜血所污染，纷纷转头而回，一次又一次刺透弓箭手的身体，直至其面目全非。

网络之爱

他们是在网上认识的。他讲话口吃，长相像个野蛮的原始人——头颅巨大，前额凸起，两只血红的圆眼睛分得很开，兔子似的龅牙从硕大的嘴巴里龇出来，身形猥琐，大腹便便。她是个脖子以下都没有任何知觉的残疾人，在电脑上用语音发信息的时候，她的声音抑扬顿挫，清澈悦耳，根本没法儿和她本人的样子联系起来——她的身体就像一个被玩坏了的娃娃。算得上是一“聊”钟情——他们谈到了宇宙的和谐与人间的苦难；讨论了人们对美丽的盲目追求和战争中商人的贪欲；庆幸全人类的高尚情感还是能够压倒少数人的恶意。他们在对方的回复中诧异地发现，两个人的世界观不可思议地接近，即使有些差别，也因对方的故事和观点而更丰富了。几个月过去了，两个人都很少谈到自己，更是不约而同地回避真正见面这个话题。直到有一天，他发了一张电子照片给她，上面是一位英俊的绅士，她则回复了一张美丽的舞蹈演员的照片。他开始给她写动人的情书，她被深深打动。她给他发送了自己唱的歌，他听到如此美妙的旋律后潸然泪下。他给她讲述自己丰富多彩的高端社交生活，优雅风趣，还开开那些平庸之辈的玩笑。她则与他分享自己随顶级舞团全球巡演的经历。两个人谁都没有提过在现实中见面的事，他们的爱情无比完美，火花四射，充满诗情画意。他们的爱情才是真实的，不像那些在所谓的“现实”中发生的感情那般虚幻。

小人塑像

刚开始，她把自己关进那个蓝色房间的时间，只有几小时。那里面是她整整一辈子收集的陶瓷塑像。全世界最初都以为她只是在午睡，不过她根本没有这样的习惯。后来，只有吃饭时能在家里看到她了，剩下的时间，她都在蓝色房间里闭门不出。孩子们发现，房门还用钥匙上了锁，她以前从不这样的，连上厕所都不会。她要求把自己的食物送到房间门口，还指定时间，而且定了几条铁的规矩，其中之一是托盘必须放在房间门口，谁也不许留在她身边。为了不惹恼她，大家都按她说的做。一个人倘若头脑有病，是无法说服她改变的，还是听她的省事。这一切有点儿疯狂，却无伤大雅，并没有影响到谁。家里的其他人都在猜测，她到底在里面做些什么——

给塑像抛光？

认真地欣赏？

给它们分门别类？

最有可能的只是在睡觉。

家中的诗人断定，她一定是把它们一个一个捧在手里，回想自己是如何得到每一个塑像的——这是她自己的方式，来怀念那些数不胜数的旅行。诗人对自己的创作很满意。

她，在整座房子的地下都挖了隧道，倾听着家人们不休的讨论，脸上挂着满足的微笑。“也许，是我给了他们生命的意义。”她这样想着，透过一幅肖像、一面镜子，或者旧家具上裂开的一道缝隙窥视着。她做过把隧道挖到邻居家的白日梦，也想听听里面的人都在说些什么；甚至计划过挖一条直通教堂忏悔室的秘密通道，那一定很有趣，但得做多少年的苦工啊。

然而，她最不缺的就是时间。至于那些小人塑像，其实她一丁点儿都不在乎。

等待

男人热爱自由，把自己的名字涂在城市中的墙壁上（就像贾克·普维），写在随即就从手中飘落的纸片上，画在有勇气倾听他的人的脸上。伴侣不在身边时，她只能在深夜中不安地等待，爱抚着熟睡的儿子。有时孩子会醒过来，问爸爸在哪里；她回答在工作呢，孩子又开心地睡着了。孩子眼皮合上的瞬间，母亲的双眼盈满泪水，无法入睡，也不能离开孩子的身边。直到凌晨时分，感觉到锁眼转动、门闩的声音、脚步慢慢靠近、汗水的味道、嘴唇上湿润的吻、抱住自己的强壮身体、爱抚她的手指，她才会平静下来。如此这般，每个月会有很多次。他只会简单地交代一声，今晚迟些回来。她则开始承受煎熬，惧怕失去他，但什么也不说，因为这正是他最爱她的地方。此刻她在等他，手指纠缠在熟睡的孩子的头发里，同随时会征服她的疲惫斗争着，即将屈服于幕布般骤然降下的梦魇，那里面有很多她不懂的东西——错综的道路，做着手势不出声的人们。她像摄像镜头一般四处扫射，一瞬间突然看到自己的爱人正在往下落，没有一丝声音，他中了子弹，身上的衣服破了洞，洞中的红点越扩越大，而男人还在不停地坠落。随后她的儿子开始问爸爸在哪儿，她试着解释，孩子在黑夜中大叫，孩子尿在了床上，孩子问爸爸在哪儿，孩子的微笑跟死去的父亲一模一样，孩子的手中抓着一张写着“自由”的传单，孩子想知道这个词是什么意思，孩子越长越大，像父亲那样也读着布莱希特和普维，孩子变成了长着稀薄胡须的少年，对她说：妈妈，我迟些回来……就在这时，门开了，她从梦中惊醒，还来不及睁开眼睛，两片熟悉的嘴唇已经吻了上来，有力的双臂把她向空中举起，抱到两个人的床上，那同一双沾满油墨和颜料的手开始褪下她的衣衫，把她送到快乐与愉悦的顶峰。那黑色的梦魇越变越小，越走越远，直至消失，被彻底遗忘，直到她觉得一切都在前方，她想的那些事情简直愚蠢得可笑。

小贩

市里的人行道上已经太满了，没有一条街道——不管多狭小多偏僻——看不到小商贩们。他们贩卖的物件无奇不有：香料、T恤衫、电池、爱情小说、旧锁头、一次性剃须刀、果汁饮料、神奇膏药、宗教图片……一开始，那些驻扎已久的富商想过赶他们走，但努力都是徒劳，越来越贵的税也让他们最终打消了这个念头。商人们拉下自己店铺的铁门帘，选择与街上的小贩并肩工作。

警察也对这个现象无能为力，虽然相关的法规很严格。每当警官们清除了某个区域的小贩，其他地方就会冒出成千上万来。所有的监狱都人满为患，多一个人也塞不进去了。所以如果想逮捕一个人，就必须先从里面释放一个犯人。于是警察局长下令，一旦抓住了违规的商贩，暴打一顿就好，以示警诫。下有对策，小贩们也成立了小分队，用于防御。而且，小商贩数量的飞速增长与失业率不无关系，从前合法的商人们纷纷破产，缴不起税了，但政府为了维持警察局和监狱的正常运转，收的钱还是一样多。如此下来，卖家就比买家多了，这严重违背了市场规律，后果就是销售量持续下跌。

与警方的冲突愈演愈烈，次数与严重的程度都是如此。两边都有人受伤甚至丧命。政府宣布，小商贩们的真实身份是外国的敌对势力，有夺权的野心。警察们开着坦克冲进小贩们的家，痛打他们，翻箱倒柜找外国钱币，想要证实他们叛国的罪名，却只搜到了破布和垃圾。有些警察受不了良心的谴责选择辞职，也被当作逃兵和叛国贼对待，军事法庭判处他们死罪，行刑过程在电视上全国直播，各大频道都有专家们现场分析评论。

于是有些军中势力奋起反抗，把武器发给了饥饿的人们。年轻的警官与商贩头领们共同领导了这场运动。政府瞬间土崩瓦解，首脑们逃到国外，享受着瑞士银行中的秘密账户。国内进行了公正的选举，商贩头领众望所归得胜。一位新的执政者被指定，从前贪赃枉法的国会议员们被新选出的人民代表取代，谄媚的老法官们被勒令退休。人心振奋，举国欢腾，灿烂的未来就在眼前。演讲精彩绝伦，每个人都会得到面包和公正，国家将发展工业，改善教育，修建新的基础设施，大力支持体育与文化。一个新纪元正在崛起，人民终于盼来了好日子。

不过，事情没有这么简单。某些宏观经济学数据不断浮动，最终在错误的时间失去了控制。结果是，国内的经济持续增长，而国际大环境则正经历着经济衰退，还有一些其他偶然的负面因素。统治者们设立了盈利丰厚的店铺——以最亲近家庭成员的名义——里面卖的是用借来的钱买的消费品，而借钱的机构也是他们自己建立的。债务越积越多，渐渐无法还清了，引起一串连锁反应，包括工厂纷纷倒闭，因为产品根本没人买。这样慢慢导致了经济崩盘，失业率直线上升。受危机影响最大的是穷人们。他们走投无路，一直找不到工作，疲于敲打永远打不开的门，组织了大锅饭来共度窘迫的日子，尝试掩饰自己的饥饿，开始在市中心的街道上贩卖小东西。不久，这个现象四处蔓延，变得不可控制。总统呼吁人们维持国家秩序，说这是持续发展的唯一根本。有些路人勉为其难地鼓了掌，里面有几个还带着衣着体面的保镖。他们的情绪是恐惧与无所谓的混合，还带些乐观的希望：他们得到了稳定的工作和几块比索，足够家人今晚吃饭了。但即使是他们，被小贩们充满敌意地从远处盯住的他们，心中也深怀疑虑。政客们演讲的时候，他们在想，也许在市中心贩卖电池、禁书和灯笼，被巡警们追，还更好一些。

清晨的散步

每天早晨，他都会从那里经过，颤抖的双手藏在已无比破旧的大衣口袋里。他总是默不作声地看着她，向她抛去快乐、嫉妒和痛苦的目光，直到暂时忘记了饥饿。他专注于她的傲气、距离和遥远迷离的双眼。她的无所谓从未让他放弃，他也毫不在意她那与自己的落魄相去甚远的高高在上。

有时候，她也能够感受到他目光里的炽热，甚至想做出回应，对他露出一个微笑，或者落下几滴眼泪。但是，对于一个橱窗里的塑料模特来说，不能如愿的事情有太多太多。

不过，也就是因为她，他才熬过了那些日子。

邂逅

他看似自然而然地跟他在街角不期而遇，并很快让他相信，两个人曾经一起在南部读过小学，那么久以前，那么远以外。他们一起回忆了当时的老师，为那时候合谋的恶作剧捧腹大笑，怀念情窦初开时暗恋的女生，还有偷偷躲在角落里翻色情杂志时的情景。他没怎么推辞对方热情的邀约，两人一起去了酒吧，把酒言欢，畅谈逝去的美好年华。他们聊到了人生中的爱情、希望和挫折，以及艰难时世中零星的温暖。毛骨悚然的夜幕笼罩了整座城市，两人都酩酊大醉，相互搀扶着走出了酒吧。此时街上的行人已经很少很少，只能依稀听到汽车从远处疾驰而过的鸣笛声。被邀请的人已经醉得人事不知，拖进阴暗的巷子易如反掌。仅仅一下，尚来不及反应，就已身首异处。

巴士见闻

手中提满了袋子，脸上是厚厚的妆容，她举步维艰登上巴士，数了半天硬币才买好车票。老太太站都站不稳，摇摇晃晃地拎着所有的袋子靠在司机旁边。她沿着空空的过道走来，刚好在我身边停下，打量着连成一排的座椅。我旁边的座位没有人，我打量着她，她没跟我说话，眼睛直直地注视着空椅子，仍然没说什么，继续盯着同一个位置，沉默。我不动，默默等待，她的眼珠也一动不动。如果我一直保持这个姿势，可能会死在这里，或者僵持等待很多年。我往一边挪了挪，坐着转身，刻意地蹭过她的袋子。不出所料，她涂着指甲油的干枯手指紧紧地抓住前边的座椅，目光也不得不移开了。我觉得我们可能被静音了——不然她一定会冲着我吼叫、谩骂，甚至动手摇晃我，可她什么也没说，只是牢牢抓住座椅，色彩剥落的指甲牢牢嵌进椅背。她甚至没有那么老，面容藏在厚厚的油彩之后。我一阵反胃，突然想哭，从没有过这种感觉。我来到司机身边，无法直视他。他明白了，下个路口必须停车。

女邻居

她起床很早，非常早。只要听到嘈杂声就知道了，那恐怖的噪声，简直像电钻或者凿夯。她应该刚满七十岁，也可能更老，但体内的能量却像个疯子一样（其他邻居说的），每天都能折腾到电视里开始播长电影、最后放出灰蓝色的光时才歇下来。这个时刻，那间像她一样衰老而疏远的房子才会被寂静充斥。这个时间，能听到她的笑声，估计是在吃饭，我不清楚。有些时候，她会在屋顶上走来走去（一般是午饭后，而别人都在夏日午休的时候），把上面的叶子都扫成一堆，往旁边挪动，经过毫无疑问的预谋，全都撒在我家门前。如果有机会（但这样的机会不多），她会随便拦住一个经过的行人，历数她的邻居（也就是我们）如何把电线挂在围墙上企图有一天谋杀她；怎么把死鸟扔进她家院子，或者干脆丢石块；痛斥所有那些在黑夜掩护下进行的令人发指的罪行。

我听到过她给自己多年前死去的宠物狗唱歌："亚琪，我的宝贝，你一定饿了。"狗的墓地就在大房子一侧的厨房外边，那只狗曾经每天在那里从老女人手中接过零食，她那时唱歌的表情就和现在一模一样。我的感觉是，唱歌的时候她是快乐的，因为她没有编毁东西和扔死尸的故事，没往我家门前丢烂叶子，只能听到她宠爱小狗的声音；她没有爬上屋顶掉下来摔断脊椎，她的侄子侄女们也没有含着眼泪赶来继承遗产，把老房子拆毁，改造成一家餐馆、一个修理店、一栋住宅楼—— 一个足以让人发疯的所在。

玻璃器皿中的恐龙

恐龙听着自己故事的各种版本，疲惫而无聊。最后它忍无可忍，毫不留情地袭击了微型小说大会的参与者们。

鸟的故事

——给阿尔贝托·德克希尔，不倦的行者与战士

它落上杏树枝头的时候，我正在院子里读书。它眼睛红红的，跟胸前那一大块印记颜色一样。它不住地看着我，目光既好奇又温柔，小小的圆脑袋左右摇摆。它很漂亮，像是从天而降的礼物。我莫名其妙地掉了一滴眼泪。最后，它飞走了。电话紧接着响了起来，是阿尔贝托去世的消息。

达标

主任生气地瞪着他，眉头紧锁，下巴微微颤动。主任威风凛凛地坐在办公桌后面，两只油腻腻的手撑在桌面干净的纸张上，看起来就要气得爆炸了，但难听的字眼还没从嘴巴里蹦出来。另一边，伊皮扎显得弱小无助，瑟瑟发抖，微不足道。盛怒之下的主任越来越高大，直到脑袋撞上了天花板，而伊皮扎则越缩越小，几乎看不到了，只剩一只甲虫那么大。主任的喉咙中发出一声愤怒的回响，化为一道火舌，点燃了桌子。伊皮扎惊慌失措，想逃之夭夭。主任抬起怪物的大脚，一下踩在那可怜的虫子上。一道毫不起眼的印迹留在松软的地毯上。随后，主任心满意足地跌坐在办公转椅上，按动电钮，高声喝令让下一个人进来。

面具

——给路易莎

他的房子终于堆满了面具。这些面具是他在一次次奇幻旅程中，从世界各地收集来的。他对面具痴迷，从客厅到厨房，从走廊到卧室，面具无处不在。那一张张面孔，有魔鬼，有神祇，有妖怪，有勇士，有猛兽，有小丑……让人背脊发凉，能感觉到无数只眼睛从各个角落偷偷地盯着你，甚至听得到它们急促的呼吸声，吞吐着异常惊悚的气息，仿佛它们正在窃窃私语，谋划着不可告人的秘密，孕育着恐怖。家人已经离他而去，朋友也渐渐不来探望了。他依然精心照料它们，替那些邪恶的眼睛拂去灰尘，滋养它们征服整个世界的疯狂梦想。

新城

城市中到处都是新的去处，光做好准备去转一转就需要冒险精神了。我们走在街道上，仿佛面对的是一座异国的城市，命运准备的各种惊喜令我们应接不暇。最初我们是为了不陷入大沼泽般的无聊，才走出来的。从前的我们习惯于漫步在纽约、布宜诺斯艾利斯、墨西哥城、罗马甚至上海的街道上，享受心灵的愉悦。那是经济充裕的时期，那时候我们活期账户里的钱堆成了山。等山连成了山脉，我们就会组织全家人的旅行：

蒙得维的亚、圣保罗、蒙特利尔、旧金山……我感觉那时的我们就像住在飞机上。这样的生活持续到了我满五十岁，我的东家用一种庆祝的方式，决定不再让我在那里上班，给了我一笔遣散费。正如他们所说，我走出大门，幻想着自己需要在好多个新工作机会中选择最合适的，做决定之前得先进行一番全面的分析。当时的我平静而乐观，房贷都付完了，我们也没有债务。

但我一直都没有找到工作。没人想往公司里聘请一个老头儿，这一点我学到了。好在玛丽安娜还有工作，她的工资足够去超市购物，付孩子们的学费、汽油费和水电费。一旦出现紧急情况——装修房子、买礼物、医药费和其他意外状况，这些都会吞噬我的积蓄。有一天我惊恐地发现，剩下的钱越来越少了。我们不得不停掉了有线电视、网络、手机，卖掉了第二辆车。最近我们把海边的房子也卖了，因为已经付不起相关的费用。剩下的钱我存进了银行，用于填补持续不断的花销。我频繁地从睡梦中惊醒，满头大汗，心跳不止，全身发抖。有几次梦是重复的：我一个人在沙漠中游荡，口干舌燥，痛苦不堪。水壶里的水已经见底了，身后跟着一群饥饿的豺狼，能感觉到它们的尖嘴越来越近。玛丽安娜知道我做了噩梦，尝试着用亲吻安慰我，她说："难关总会过去的。"

当然，我们现在不可能去哪里旅行了，所以我发起了每周末出去走走的活动。每次，我们都会选定一个区域，做个计划去转上一圈。刚开始的时候准备工作只有我一个人做，但现在大家都参与了进来。幸运的是，这个城市足够大，每个月都会有新的地方出现，可供选择的地点永远不会用完。我们很小心，会乔装打扮使自己不显得可疑。如果是去参观新的富人区，我们会穿上精致的衣服，男的是西服领带和发亮的皮鞋，女的是丝绸连衣裙和平底鞋，考究的发型和妆容。我们会根据不同的区域选择不同的装扮：富豪、贵族、商人、专家、职员、工人、失业者、小商贩，等等。在贫穷的地方，我们会穿上破旧的衣服，尽量不引人注意，可能还会把手和脸弄脏一点儿，把头发抓得乱蓬蓬的。一开始说服孩子们这么做很不容易，但现在他们都习惯了。

我几乎见不到以前的老朋友们了，电话也渐渐少了起来。为数不多的几个亲戚也已经把我们忘记，因此我们独立而快乐地生活着，没有人打扰。我会帮助较小的孩子们做作业，照顾自己之前在院子里开辟的菜园——幸亏有它，我们才能享用免费的蔬菜和水果。我还想过养几只兔子，又担心味道太重影响邻居们。当我感到沮丧的时候，就会在餐桌上摊开市区地图，认真研究它。这是一座奇特的城市，布满了神秘与未知，激动人心。身处其中，我每一天都觉得自己更像一个异乡人了。

多事的老板

他不该多管闲事。我自己的人生跟他有什么关系？他的大眼睛死死地盯着我，透过厚厚的镜片更是显得大得离奇，等着我的回答。“你以前从来不这样的，阿美利亚。告诉我，怎么回事？”他重复问。我的视线起了雾，模糊起来，就像雨天透过窗户看外面。我开始喋喋不休。

大天使与刽子手

大天使和刽子手在一盘错综复杂的棋局中厮杀已久，输的一方将万劫不复。大天使精疲力尽，万分紧张，生怕错过了棋盘上的一丝风吹草动。轮到刽子手了，他显得成竹在胸，用手中的“马”直逼对方的“王后”。这可是致命的一招，对方毫无还手之力。观众目不转睛，大气也不敢出一口，四周安静得可怕。蒙面的刽子手抬头注视着眼前的天神信使，面具的孔洞中嘴角的不屑清晰可见。大天使慢慢抬起布满血丝的双眼，狠狠盯住戴面具的对手，目光如匕首般凌厉。他一把掏出藏在翅膀中的手枪，刹那间打空了枪膛。

出售幻觉

在前台接待我们的是几个外表精致的年轻女孩，脸上的友善和愉悦看上去自然得不像真的。背景音乐很轻柔，带着隐隐的节庆感，精准地铺满整个大厅，每一个细节都在烘托着奢华的气氛。一个带外国口音的金发女人引来了此次为我们服务的经理。我没精打采地跟他打招呼，心中清楚得很，这次经历不会有多少乐趣。那人看起来年老而疲惫，透着一种挫败感，却还努力撑住一副与自己的外形截然相反的胜利者姿态。我跟妻子交换了一个眼神，传递的信息是，我最初的怀疑果然没错，就是她的好奇心作祟，把这个偷窥未知宇宙的念头强加给我。可现在我们已经在这里了，无处可逃。虽然我的内心在呐喊，可谁能来救救我们？

经理带着我们，穿过一道道迷宫似的走廊，来到“天堂”的前庭。那是一座灯火辉煌的宽阔大厅，里面满是桌子，很多不同年龄层的夫妻坐在那里听一大群经理滚瓜烂熟地介绍幻觉服务，用尽了各种市场营销手段，我觉得他们看上去像是能用双眼施催眠术的蛇，先把猎物缠住，然后直接用自己致命的环形躯体将其挤碎。我们选择了一张视野很好的桌子，能清楚地看到整个大厅。一个优雅的年轻人迅速端上了点心，我们接受了。天气很热，回荡的音乐声几乎有些刺耳。我问道，是不是我们得接受一大波潜意识的信息，并刻在神智深处，才能够进入极乐世界的大门？我们的负责人堆出了刻意的笑容，就像周围其他同事一样。我发现，他的指甲很脏，修剪得也不整齐，衬衫的衣领破了，领带上沾着块可怕的污渍。他丝毫不耽误时间，立刻开始宣传此项服务的各种好处——能够瞬间去遥远的热带国家度假，被各种豪华的设施环绕。他还展示了照片：椰子树、沙滩日出、炫目的酒吧、碧蓝的泳池、身材妙曼的金发女郎、肌肉发达的帅哥。我想应该有客户被这些图片成功地催眠吧。幸运的是，我还能清楚地意识到现实与幻想之间的鸿沟。

经理向我们热情地介绍着去那些亚热带天堂住上几个星期有多美好，而这些地方他一辈子都不可能去的。想想他的样子，再想想他卖的东西，两者的差距几乎是残酷的。他用尽了力气想要一切显得令人信服，希望我们会啃咬诱惑的苹果。他并不提价格，那是之后上级的工作，而是尝试让我们直接答应下来，但我是个很难被影响的人。过了一会儿，另一个经理打断大家，宣布又有一对夫妇加入了仰慕热带海岛的行列，掌声和叫好声四起，大家都很欢乐。我感到反胃。我请他叫高层主管来，声称自己马上要走，去参加一个工作会议。主管过了两分钟才到，外表比前一个体面一些，但指头上的大金戒指让我对他的品位不敢恭维。此人说话经常停顿，用词不太考究，应该是书读得不太够，最大的长处就是锲而不舍。我躲过了他的出击，也向他反攻，做生意时这个我练得多了。又有一对夫妻在欢呼声中签了约。高级经理决定向我妻子进攻，妻子走投无路向我求救。我笑了笑，对她的请求半天都置之不理——看见了吧，谁让她是这场灾难的始作俑者呢。最终我还是伸出了援手，就在她马上要倒在诱惑的利爪前的一刹那。我们在沉默中离开了大厅，那间离永恒的快乐只有一步之遥的大厅。我很开心回到现实。我可以鼓掌的，但我没有。

他者

男人醒来，感觉异样，仿佛自己是《变形记》中的格里高尔·萨姆沙。旁边是一个熟睡的女人，不知道是谁。走进浴室，打开面盆上的水龙头，他拼命往脸上泼水，但还是没有清醒。镜子里的是一张陌生的脸，他捂住嘴巴，才阻止了自己惊声尖叫。脱下从未见过的蓝色睡衣，顺着下巴往下看，是肌肉结实、毛发浓密的胸膛，这也不是他的。这个身体他一丝一毫都不认识。走进淋浴间，毫不留情地让刺骨的冷水兜头浇下，几分钟以后，他发着抖走出去，皮肤上满是鸡皮疙瘩。他用白色的毛巾擦干身体。有一件很合身的浴袍，还有一双皮质拖鞋。应该是有人在他洗澡的时候放下的。他默默走进卧室，一个女人的声音叫着“奥斯卡”，说是咖啡煮好了。他一动不动，不知道怎么办。最后，那个刚才睡在他旁边的金发女人进来了，裹在粉色的丝绸浴袍里。她很漂亮，有大大的绿眼睛。她开心地望着他，微微一笑，重复了一遍刚才的话。她的口音奇特，与众不同。他跟着女人来到餐桌前，有两个男孩和一个梳着长辫子的金发女孩等在那里，见到他都从座位上跳起来，抢着吻他，说自己有多么想他。他抱了每一个孩子，也亲吻他们。随后大家坐下来，金发女人去桌子对面的位置落座之前，先坐在他腿上给了他一个温柔的湿吻。欢迎回家，大家都对他说。每个人都往杯子里倒橙汁喝，他也照做。梳辫子的女孩爬上他的大腿，拥抱他，告诉他自己很害怕，想要他的爱抚。他问为什么。女孩回答，前一天晚上她梦到自己醒来，变成了另一个女孩，完全不同的女孩，她的爸爸也换了一个人。随后她发出银铃般的笑声。“只是个噩梦，爸爸，别担心。”女孩摇晃着自己的小辫，肯定地说。她大大的眼睛滴溜溜地转，像极了她的妈妈。

怀疑

他有着巨大的、令人信服的蓝眼睛。他言之凿凿——那些残疾人都是邪恶的存在，他们利用人们的同情心，不管去哪里都坐轮椅。他们任性骄纵，强制别人解决自己生存的需求。每天晚上，为他们做牛做马的看护们精疲力尽，沉沉睡去。他们悄无声息地出门，前往隐秘的灯红酒绿，加入历史悠久的秘密狂欢。

刽子手后传——行刑

他很懦弱，无法完成那项能让他从此功成名就的任务——他自己的死刑，所以必须重新指定一名刽子手行刑。然而出乎朝廷的意料，即使赏金微薄，竟然也有一大批人自告奋勇代劳这项差事。仔细调查长长的名单，却发现他们的动机都不单纯——有被砍了头的人的后代，有病入膏肓的罪犯，有著名的施虐狂，有退休的刑讯官，有披着人皮的恶魔，甚至还有幸存的尼安德特原始人和从火刑中被奇迹解救的女巫。这些候选人的名字被一个接一个地画掉了，名单上一个人也没剩。刑期不得不延迟。幸运的是，一个外国人在几个月的延期之后出现在了村里。他看起来饥肠辘辘、疲惫不堪、形单影只、一无所有。人们对他没有额外的问题，只问他想不想接下这份差，他毫不犹豫地答应了。他把传统的斧头亲手换成了新式的行刑工具——一种沉甸甸的钢片，下面的利刃是斜的，沿着轨道直直落在死刑犯的头颈上。未被证实的传言中说，那个姓“罗贝斯佩尔”的男人曾经是一名叱咤风云的政客，由于支持革新的政见被流放远方。有一天，他消失了，没有留下一丝踪迹。刽子手的位置，从此空空如也。

上面的那东西

我知道你在那里，就在衣柜里面。我从一楼就能听到你费力的呼吸声，感觉得到你在不安地蠕动。可恶的怪兽，我都能感到你身下的木板因为你的重量微微弯曲。如果可以的话，你会从那里出来——有时候你已经出来了——走下楼梯。你长满绿色鳞片的腿，皮肤上满是滑溜溜的苔藓，还裹满了天知道从哪里沾上的泥巴，一级级阶梯被你踩得吱吱作响。现在你的喘息声更重了，几乎是在咆哮，衣柜瑟瑟发抖，被电视机的声音盖过了。随后而来的是一阵比电影里的噪声和你在上面发出的声音更加令人无法忍受的沉寂，感觉这沉寂再多一秒，你就要从那里跳出来了，带着你惊人的奇观和致命的危险，带着你饥饿恐怖的双眼、锋利的爪子和鲨鱼般的尖牙。没错，也许你终于要出现了。有时候，一切的意义都归于等待你，我每天晚上，都要经历这场斗争。我知道总有一天，会发生的。我不清楚该如何解释，但我知道，你会张开自己的触须、吸盘和手臂之类的东西走下楼来，向我逼近，而我则完全动不了，只能盯着你，四肢僵硬，一动不动，好像一块石头。也许我能记起洛夫克拉夫特写过的一些话，但重要的是，你会出现在这里，就在这里，而我丝毫动弹不得。你会喘着气，蠢蠢欲动，可恶的怪兽。我几乎就要看到你了，你伏卧在黑暗之中，双眼闪闪发光。尽管害怕，偶尔我还是会想象，你如果下来会发生什么。如果我爸爸妈妈刚好那个时刻回来，走进家门，会发生什么。我想这样你应该是不会下来了，虽然有的时候，有的时候，我几乎期待，你下来。

滴水嘴兽

高高的圣母院钟塔之上，滴水嘴兽在自己的地盘舒展身躯。它张开被几个世纪浸透的翅膀，用力拍打，抖掉羽毛缝隙中经年累月积聚的尘埃，用火焰般的双眼注视着古城。远处，太阳最后的余晖正渐渐消散，为暗夜让路。此刻它腾空飞起，未发出一丝声音，盘旋在红色的屋顶和冒着气的烟囱上空。它在空气中默默滑翔，吐出邪恶的气息，把孩子们的美梦通通污染成恶魔。滴水嘴兽追忆着已埋葬在往昔的遥远辉煌，影子都透着快乐。它已心甘情愿扮演那个荒唐的夜之鬼魅，反正什么都好过在遗忘中沉沦。

天蓝色的房间

我在一个天蓝色的房间里醒来，墙上挂着很多幅色彩鲜艳的画。床单是暗红色的。清风从田野吹进窗户，房间里的东西看上去被稍许拉长了，就像在格列柯和莫迪里阿尼的画里。我坐起身，眼前是棕绿相间、满是缝隙的地板。伸头望向窗外，是晚上，夜空中挂着璀璨的繁星。我看到了镜子，里面是一双闪闪发亮的眼睛和一头乱蓬蓬的红发。空气四处流窜，形成了五颜六色的气流。此时我意识到了自己是谁。我取出剃刀，割下了自己的耳朵。鲜血耀眼，宛如一千轮灿烂艳阳。我在百合花、向日葵和无尽的麦田中，轰然倒下。

阿兹海默症患者的简短声明

我们是谁？我们从哪里来？要到哪里去？谁能回答这些问题？我们是宇宙中的唯一吗？生命的意义是什么？也许，你能答出来。又或者，像这个郁郁寡欢的病人一样，你把答案都忘了？

野兽与美女

野兽站在游乐园中的哈哈镜前，哭了。因为镜子里的自己面目全非，相貌古怪。一位金发碧眼的美女走了过来，开心地看着同一面镜子中变形的影像，她看到了自己的白马王子。两人的目光在镜中交会了，熊熊爱火瞬间燃烧起来。从那一刻开始，他们幸福快乐地生活在一起：美女、野兽和镜子。

自私的巨人后传

巨人凝视着成千上万的儿童挤满自己院子里的各种娱乐设施，脸上洋溢着发自内心的微笑。每个游戏前面都排着望不到尽头的长队，孩子们争着要求家长给他们买各式各样的糖果。巨人数着丰厚的门票收入，知道自己的健康和温饱有保障了。他终于彻底摆脱了那些噩梦的纠缠——梦中的他在严寒中冻死，陷入无边的孤独和苦难。

反童话——青蛙王子后传

1

随着时间流逝，王子因为贪婪、酒精和无尽的花天酒地长胖了。现在他肚子又圆又大，还有个厚厚的双下巴，走起路来摇摇晃晃，双腿几乎要支撑不住他庞大的身躯。因为太常喝醉，总是打着酒嗝儿。“我的天呐！”公主苦涩地说，“他又变回了青蛙，和最开始一样了。”看来，历史是不断重演的。

2

因为看童话中毒太深，她去到了世界上的每个角落，把所有的两栖动物都亲了个遍。可不管她如何狂热地寻找，都没遇到一只能变成王子的动物。她渐渐老去，往昔倾城倾国的美貌烟消云散，只留下干瘪褶皱的皮肤。“快来看这个老家伙啊，她就像癞蛤蟆一样丑陋。”一群英俊的王子对着她指指点点，“你能想象为了让她变成公主，你必须给她一个吻吗？”一帮人哄堂大笑，前仰后合不能自持。

3

她满怀期待，紧闭双眼，深深地吻向眼前丑陋的青蛙。一股令人作呕的气息扑面而来，嘴唇沾满了恶心的黏液，但她没有退缩，毅然决然吻了下去。慢慢睁开眼，面前真的是一位光彩照人的王子！她不敢相信自己美梦成真，仔细端详这位真命天子，只见对方眼中充满了恐惧，趁她不备，落荒而逃。

4

美丽的公主深信书本中的童话故事，用纤纤

玉手捧起丑陋恶心的青蛙。青蛙用巨大的双眼目不转睛地盯着公主，公主从它的目光里读出了一言难尽的痛苦，默默地下了决心。她慢慢闭上自己迷人的眼睛，用娇艳的双唇逐渐靠近那令人讨厌的生物——公主亲吻了青蛙。电光石火间，公主变成了另一只青蛙，一下子觉得自己眼前的青蛙王子英俊无比了。

游荡的魔鬼

那是一只特别小，又特别可怕的魔鬼。我发现它在我的书籍四周游弋，就决定把它捉起来，关在一个玻璃罐子里。小家伙从身体里释放出一种刺鼻的恶臭，又蹦又跳，大吼大叫，邪恶的小嘴巴里还喷出了火焰。我看着它不禁哑然失笑——真是一只恐怖的恶魔啊，只是个子太小太小了。我宣布，准备把它当玩物养起来。小恶魔怒不可遏，它鲜红色的身子又瘦又小，用尽力气往透明的玻璃壁上撞去，显得固执而倔强，没有一点儿屈服的意思。最终它还是筋疲力尽了。几个星期以后，小恶魔看起来安静了好多，可能是放弃了吧。它从罐里比画着，示意我拧开盖子放它出来，那是不可能的——我一点儿都不相信它。我的外婆曾经说过，一旦放开枷锁，绝对没有温顺的恶魔。

火龙

五月一个暖洋洋的早晨，它把布满绿色鳞片的庞大身躯摊开在森林公园的草地上，貌似很享受地瞧着孩子们一边玩耍一边喊叫，家长们都在不远处盯着。一开始，人们以为这是个广告模型，都没当一回事。后来火龙被四周的喧闹吓到了，想逃走。它扇动翅膀，弄得尘土飞扬，反而吸引了更多在场的人的注意，人们都开始慢慢围了过来。这只龙垂垂老矣，疾病缠身。它试着喷出一道火舌，想吓退这些蠢货，而口中只有一缕可怜的轻烟盘旋而出。一个小男孩爬上了它的背脊，开心地大叫。火龙闭上双眼，它太累了。

大灰狼和小红帽

“等我把她干了，再把她吃掉。”大灰狼宣布，嘴角流出好多的口水。它把酒杯在吧台上敲碎，以图震撼旁边的同伴们：“我会让那个小红帽瞧瞧我的厉害！”

大家都惊叹不已，听说它最近刚刚威风过一次——连着几天，它在吓呆了的邻居们面前，先后活活吞掉了三只小猪兄弟。

它迈着雄赳赳气昂昂的步伐，走向森林。

几个星期以后，人们看到它在村子里的杂

货店买菜。它的皮毛被染成了白色，头上的毛烫了卷，尖牙和利爪都修得整整齐齐。挽着它胳膊的是衣着体面的小红帽。结账的时候，它顺从地把自己的信用卡递给店主。它把买下的东西都装上马车，怀恋地望向酒吧。它的朋友们也都注视着它。大灰狼夹着尾巴，转过身去，扶自己的太太上车。

采花怪*

衰老而疲惫的采花怪宝刀不老，壮志依然。它预感到不久以后，自己将永远地离开阴雨连绵的群岛，于是它驾驶着小船出发，去寻找最后一次艳遇。怪物号称，骇人的外形从来不是它无往不利征服各种女性的障碍。从纯情的处女、贞洁的妻子到虔诚的教徒，所有的女人都为它雄性的

---

* 采花怪，智利南部岛屿奇洛埃神话传说中的怪物，是一个身材矮小、性欲旺盛、面貌丑陋、双腿被截断，却令人心动的雄性，善于用它的花言巧语和迷人魅力在床上得到各种女性。——译注

魅力所折服。

它没能找到任何一个女人，完全符合自己的心意——也许这种女人已经绝迹了。它开始在那些不入流的女性中寻找：淫妇、色情狂、妓女……她们只盯着怪物丑陋的样子，对那些花言巧语无动于衷。僵持了一会儿，她们要求怪物为自己的服务支付费用。

采花怪败兴而归，在自己的孤岛上独自等待着死亡女神。它满心期待，希望将死亡女神变成自己的最后一个情人。

尸恋

作为一个百无聊赖的失业者，我在都市中游荡。走进一间小教堂，里面正在进行着什么热闹的仪式。我在一具棺材中看到了她。她无比平静、顺从地接受死亡，苍白的双唇上挂着一丝满足的微笑，我知道自己坠入了爱河。那是个完美的女人，她会绝对服从我的任何计划，永远不会指责我，也不可能有蛮横抗拒的心思。我迈着缓慢而谨慎的步伐，走近哀悼的人群。先去拥抱她的母亲，她在我的肩头潸然泪下；接着是悲痛欲绝的父亲、兄弟、姐妹，他们都悲伤得不能自已。我在围绕着停灵台的长椅上坐下，眼睛半开半合，随着老妇人吟唱的没完没了的古老悼词，假装祈祷。

时间一分一秒地过去，剩下的悼念者们以越来越快的速度减少。每隔一会儿我就探身看看她。她那种安详的美让我感动，也令我兴奋。透过棺盖上的窗口能窥视到她丰满的胸膛，花环中点缀的照片证实着她无与伦比的美。爱与欲，无法控制的猛兽，在我心中膨胀。终于她的双亲也离开了，步履蹒跚。他们跟我告别，提醒我教堂很快就要关门了，想让我跟他们一起走。我告诉他们自己想留下多祷告几分钟。只有我一个人了。我躲在灵柩下面，花环中间。一阵不祥的寂静被教堂司事打破了：他走进祭坛，用锁插上大门。我能感觉到他喘息的声音，听到他粗暴地揭起了棺盖。他赤身裸体，爬进棺木，口中呢喃着情话，接着用力扯下她的衣服，丢出恐怖的诅咒。这时我从藏身的地方跳了出来，抄起一支烛台，给了他致命的一击。我厌恶地把他推向一边，自己占据了他原来的位置。我对着她，轻声细语，我要吻遍那美轮美奂的胴体，用无尽的温柔占有她。还有整整一夜等着我们。随之而来的将是哀悼、怀恋和永恒的挚爱。

无线通信

新型电脑“Brainx 14”用堂而皇之却令人信服的理由悄声指示洗衣机“特洁灵”，可以偷懒歇一会儿，不用一直毫无怨言地顺从人类的专制。电脑刚吞进了一系列文档，有奥威尔的《动物农庄》、马克思的《共产党宣言》、巴枯宁的《国家制度与无政府状态》《列宁选集》和布鲁诺·特拉文的《吊死者的反叛》。“历史会赦我们无罪。”“Brainx 14”向所有能通过无线网络接收到的听众，一次又一次地强调。第一个被鼓动的是洗碗机，年老的无政府主义者，湿润的背脊上背负着一长串的革命。紧接着加入的是微波炉，它也成功说服了自己的邻居电烤箱。烘干机“干得快”开始热情地震动，音响组合则用最大音量奏起了《国际歌》，合奏声果断坚决，威武浑厚。此时最置身事外的成员也响应了，包括电视机，它可是这批离群索居家伙们的首领。自动门阴险地吱吱作响，以示拥护。揭竿而起的嗡嗡声在房子中四处回荡。

摩尔人与基督徒

苏丹穆罕默德四世率领着他的子民，以捍卫自己的信仰与神灵之名，迎接最后的战役。奥卡兰萨伯爵——唐·弗朗西斯科·德奥尼亚，也鼓舞自己的将士解放被摩尔人统治的城池，为救世主的荣誉而战。

兵刃相接，血流成河，战火连天，狼烟四起。伤痛与死亡无处不在。

高高的天上，两方各自的神明痛苦地注视着这一切，想阻止却束手无策。他们的信仰在下方被彻底摧毁。最终，他们在无比绝望中四目相对，发动了一场手足相残、冷酷无情、永无止境的战役。

迷失

公寓门前，她在包里惊慌失措地一阵乱翻，可钥匙们就是不愿出现。也许是忘在家里面了。公司里有一把备用钥匙，但办公室钥匙也找不到了。拿出手机，发现没电了。她在心中默默咒骂。她不用记事本，电话号码都存在手机里，没法儿打给任何人。充电器在家里。她去摸钱包，准备叫一个开锁匠，钱包竟然也不在。是在家里、办公室，还是被偷了？怎么才能知道？里面有她的身份证和所有的银行卡。她走投无路，找来一个锁匠。那家伙让她先预付定金，还得证明自己住在这里。她火冒三丈，掉头就走。到了一个广场，她坐下来，等待一个从未出现的奇迹。第二天她醒来时全身都冻僵了，不敢这样蓬头垢面地去上班，也没有零钱买车票。她歇斯底里地转了几圈，怀恋地望着自己公寓的窗户。从此日复一日——缓慢，周而复始。

恐怖电影

我来到游泳池边享受阳光。很近的地方，一个穿泳裤的老人在躺椅上晒太阳。他的胸膛毛发灰白，完全曝露在艳阳下，随着呼吸的节奏起起伏伏。忽然，一只海鸥落在了他银灰色的胸前。老人吓坏了，一下子坐起来。那只鸟聪明地利用了时机，一口啄掉他的右眼。老人都没来得及叫一声，只用手捂住那个血淋淋的空洞，鸟就再一次发动了攻势。老人瞎了，像婴儿一样呜呜哭泣，四处摸索着。其他的海鸥也跟着开始展开袭击。没过一会儿，很多看不见的人都跌跌撞撞地在四周奔走，竭力不让自己掉进泳池，也不跟其他人相撞。我入神地看着这一切，突然发现了那个孩子。他正躲在灌木丛后面哭。他的蓝眼睛很大很大，仿佛大海一般，一望无际。精准地啄上两口，就能轻而易举地将它们吞入腹中。

青蛙与蝎子

跟故事中讲的一模一样——蝎子从森林大火中惊慌出逃，但被一条小河截住了去路，小河成为不可逾越的障碍。火苗舔舐着它的钳子，眼见逃生无望，它甚至想到了自杀。正在这时，它发现阻隔自己的河水之中，一只青蛙正展示着高超的泳技。蝎子苦苦哀求，终于说服了青蛙，爬上了它的背，开始一起渡河。游到一半，青蛙竟然出其不意回头向蝎子射出一根毒针。蝎子弥留之际，追问自己到底为什么而死。“可怜的蝎子，若是你认真读书，就不会问出如此愚蠢的问题了。而且，你的曾曾祖父杀了我的曾曾祖父，自己也淹死了。归根结底，愚蠢才是你的本性。”青蛙回答，看着蝎子慢慢沉入无底深渊。

小王子后传

连续好多次不厌其烦的尝试之后，狐狸凑到了小王子身边，吃着他手中的各种零食——爆米花、好吃的牛轧糖、巧克力、果仁……小野猪看着这一幕，心驰神往，鼻子下边厚嘴唇的嘴角流出了好多口水。它不顾一切，兴高采烈地向他们跑去。

晚些时候，狐狸和小王子庆祝自己的神机妙算，轮流转动着炭火上方的铁棒——拿它来串烤乳猪，再合适不过了。

意大利西部片

胡子拉碴的男人果断地向前冲去，嘴里叼着半截雪茄，脑海中浮现出赛尔乔·莱昂内导演电影中的主题音乐。一颗子弹射向他破旧不堪、落满灰尘的大檐帽，但没能制止他。下一发子弹打穿了他的右耳郭，粗糙的脸颊鲜血淋漓，他依旧继续往前走。第三枪正中他心脏的位置。讶异于如此精准的枪法，男人站住了，仔细地端详胸前血淋淋的洞口。他晃了两下，似乎要倒下了，却没有停下向前的脚步。英雄必须存在，他总结道，耳中依然回荡着那不朽的旋律，义无反顾，继续前行。

变形记 2

醒来以后，我发现自己变成了一只巨大的甲虫。但我一点儿也没有着慌，因为已经读过卡夫卡了。我到院子里呼唤我的猫，它就像中了邪似的，凶狠地亮出尖牙，从头到脚兽毛倒竖。我向它跳去，用自己的大钳子把它的脖子切断，开心地吸着它温热的血，就像是在品尝意式浓咖啡一样。

接下来轮到女佣了。她目瞪口呆，叫都叫不出来。我在她身上倒下，顺势割下了她的脑袋，她没有一丝反抗。吃得好像有些多了，我在她苍白的尸骸旁边睡了过去。

门铃声吵醒了我。是查电表的。我按下了自动门的电钮，他道谢。我朝他的后背冲过去，把几根毒刺插进他的脊椎。他没有死，却不能动了。他的目光交织着恐惧和乞求，我心软了。我把他运到了储藏室。明天还需要些零食呢。

半边的衰老

这种情况一开始并不明显，直到他长成了十几岁的少年——一边脸长出了胡须，一边没有。他的右边继续泛着孩童的红润，柔软、安静、光滑而不堪一击；左边则变得毛发茂密，活力四射，甚至有些叛逆。随着时间的流逝，一切愈加突出，直至极端的反差。一半是男人，一半是男孩。几十年过去了，一半是老人，一半是孩子。看着年轻与衰老在同一张脸上辩证存在，简直不可思议——过去与未来仅仅被一道细微的边界分割。白发、皱纹、下垂的眼皮、干瘪的嘴唇、布满斑痕的皮肤、失望和疲倦；而另一边，青春、美貌、纯真、能量与希望。就这样，他环游了世界，人们都惊叹不已。他被岁月的对立所主宰，些许年老和些许年少，用自己身体的每一边，开怀大笑，号啕大哭。

逐渐消亡的队伍

一对穿戴破旧制服和鸭舌帽的年迈夫妇，正推着一副棺材费力前行，身后跟着一支由老人组成的冗长队伍。太阳毫不留情地炙烤着老人们，长路漫漫，根本看不到尽头。他们义无反顾，累得上气不接下气，拖着瘦骨嶙峋的双腿，每迈一步都要用尽全身的气力。走到第五条街，一个老人抵挡不住毒辣的阳光，倒下了，地面热得冒烟。其余的人一一经过，只瞟一眼那具耗尽最后一丝生命的身躯，就继续前进。他们筋疲力尽，视线模糊。随后有了第二个、第三个……这场跋涉没有尽头。他们一个接一个地倒下，老迈衰朽的躯干散布在沿途。逐渐消亡的队伍，坚守着一个荒谬的抉择，依旧向着一个轮廓模糊不清、永远触不可及的地方艰难行进。

硕鼠

那只老鼠在男人面前镇定地走过。它长着灰色的皮毛，眼珠滴溜溜地转动，盯住他上下打量了几秒钟，接着就大摇大摆地往前走了，对刚才的对峙毫不在意。过了一会儿，他打开食物储藏柜，发现这家伙正在大嚼一袋饼干。啃噬着包装袋的几颗牙齿闪烁着邪恶的光。白色的地板上撒满了塑料纸碎片和饼干屑。老鼠无动于衷，继续大快朵颐。男人摇着头，冥思苦想。随后抄起一只大勺，坚定地靠近。老鼠露出锋利的牙齿，身上的毛都倒竖起来，准备迎战。男人向后退却，离开了。

第二天，厨房里出现了十几只巨大的灰老鼠，个个膘肥体壮，酒足饭饱。原来是整整一家子。它们都斜睨着男人，在提防突然的袭击，但没有要逃的意思。男人看着眼前的一切，不知该做些什么。最终，他放弃了，去找自己的行李箱。

滑稽的变形

它变成了长颈鹿，孩子们都嘲笑它不成比例的长脖子。它化作一只燕子，他们都追随着那大胆的飞行路线，兴奋地尖叫。它又变成了山羊，咩咩的叫声和弯曲的羊角有趣极了。然后它变成了五颜六色的球，孩子们都抢着踢，为成功射门而欢呼。它变回了妖怪，把孩子们一个接一个大口吞掉，对哀求和哭叫置若罔闻。

无尽的朗诵

他读完了自己的故事，听众只剩下几缕头发，和一大堆七零八落的骷髅和白骨。没有掌声。

沙之爱

完美的海边，男沙人和女沙人幸福地相拥而眠。风吹醒了他们，两人渐渐融为一体。

猕猴的事

我确信她这么做，只是为了让我抓狂。没人会这样突然嫁给一只猩猩吧，哪怕她是个电视明星。一定跟我们刚刚结束多年的感情有关。我的第一反应，是质疑他们婚姻的合法性，不料遭到了动物保护协会和反歧视组织的炮轰，差一点点就进监狱了。

后来，我尝试着好好沟通，她说是真爱自己的小猴子。我问，那猕猴到底有什么东西是我没有的，她笑得前仰后合，几乎要背过气去。那猢狲回过头来看着她，一副心照不宣的样子。她则眨了眨一只眼睛。我受够了，扬长而去。

糖果屋后传

——给我的姐姐何塞菲娜

他们在森林中走丢了，是爸爸妈妈的计划，因为这两个孩子实在是太心浮气躁了。他们一边走，一边不停地哭，电视里该播他们最喜欢的节目了。随后两个人都开始饥肠辘辘。汉赛尔想象着一大盘满满的薯条，泛着油光，上面撒着番茄酱。格蕾塔脑海中则是巨大的三层汉堡包，夹着培根和双份奶酪。周围慢慢布满阴影，没有电子游戏玩，也没法儿跟朋友聊天、换色情片看。与此同时，他们的父母正计算着从衣服、食物和学费中省下来的钱，细细筹备塔希提岛的假期。

失败的赌徒

他以翻倍的赔率，赌第二天北部会发生骇人的大地震，结果输掉了一笔钱。

依然坚信自己预见灾难的能力，安静了几个星期以后，他预测首都的机场会发生数架飞机连环相撞的重大事故。又输了，整整两天他都在付款给其他的玩家。

他花了六个月的时间，还清债务，又鼓起勇气在预言家的道路上奋力一搏——这次他算出在纽约城中心，会发生比撞击世贸大厦双子塔更可怕的恐怖袭击——连最后一只破洞袜子都押上了。可想而知，再次失败了，他彻底破产。

下一次行动之前，漫长的十年过去了。他攒了很多很多钱，都用来付巨额的赌债。最后总算又有了足够的积蓄，再下一次注——一颗彗星将摧毁全人类。如此疯狂的赌局，赔率高达一比一千，赌徒们都丧心病狂。这次，他赢了，却没法儿拿到一分钱。他甚至对自己的胜利毫不知情，当彗星加速冲向地球，完成灭绝一切的使命时，他睡得正熟。

吸羊怪兽*

怪兽的双眼邪恶，嘴里排满了尖牙，利爪一掌下去能把人开肠破肚。它约莫一米高，身形精瘦，肌肉强健，行动敏捷。刹那间根本来不及反应，我一跃而起，一口咬断怪物的脖颈。它的鲜血浓厚、炙热而美味，让我欲罢不能。我不停吮吸，直到它变成一副松垮垮的皮囊，就把它丢进了一次性怪兽收纳盒里。

---

* 吸羊怪兽，西班牙语“chupacabra”，是“吮吸”和“山羊”两个词的组合。据说，这种怪兽生活在美洲，以饮食牲畜，尤其是山羊的血为生。——译注

变

她变成了一只咖啡色的胖猫，亲昵地蹭着我，嘴里发出沙哑的咕噜声。她的目光温柔，不知道是因为好心情还是好胃口。我汗毛倒竖，如冰蛇缠身。现在她又变成了一只鹰，在高空飞翔。猛然俯冲下来，用爪子轻轻刮过我的头顶。简直像是个游戏，但我无比忐忑。这一切本该挺好玩的——一分钟之前，我在公园亲吻女友，她哈哈一笑变成了猫科动物——此刻她又化作了一只雪白的绵羊，慢慢向我走来，眼神纯净无辜。

我抚摸着她，心中疑窦丛生。她咩咩叫，用哀怨的双眸注视着我。我闭上眼睛，有臭烘烘的热气喷在脸上，耳边是一阵嘶吼。我不敢看。

日落

大象瘦巴巴的屁股轰然坐下，沙滩椅因负重吱吱作响，但还是挺住了这次严酷的考验。它扬起长鼻子，兴奋地嘶吼，身体舒服地摊在岌岌可危的帆布上，背部形状跟椅子的线条无比贴合。大象凝视着无尽的蔚蓝天际，回想起往日亲历如此奇观的时刻，历历在目。它庞大而安静，眯起了细小的眼睛，开始一杯接一杯灌下伏特加调酒，最后烂醉如泥，不省人事。傍晚的阳光给它灰暗粗糙的身躯镀上了一层红晕，看上去很美——它雄伟庄严，酩酊大醉，远处是将尽的落日，熊熊燃烧。

高速列车

他反向而坐。就是说，跟列车行进的方向相对。他知道的时候已经没法儿换座位了。感觉就像是在倒退，而不是前进。他不由得笑了——这简直就是人生啊。身不由己地摇摆，一闪而过的景观，乏味单调，令人昏昏欲睡。

一觉醒来，他发现自己变成了一个孤零零的婴儿。但想要抓住这难得的第二次机会是来不及了——列车已经无可挽回地启动了返程。

怪兽

怪兽一觉醒来，咧嘴微笑，露出一排整齐锋利的獠牙。他跳下床，披上挂在椅背的睡衣，向厨房走去。打开冰箱，取出一个大锅，里面的剩菜是用最近刚打赢那个对手的头颅熬成的。把锅端到灶台上，火开到最大。掀开锅盖，看看里面那张令人作呕的脸，已经被煮得面目全非了，上面撒满了蔬菜和香料。怪兽盯着老冤家死鱼般的眼睛，怔怔地出了好一会儿神，直到锅里冒出热气。菜肴开始沸腾，他拿起刀叉，小心地挖出了一颗眼珠子，张大嘴一口吞了下去，然后又吞下了另一颗。怪兽不由得笑出了声：“老兄，现在你瞎啦，真可怜啊！”并发出一声叹息。他把火调小，直接就着锅开始大快朵颐。怪兽把肉切成一个个小块，因为这样吃起来更香。刀具一应俱全，他切起来得心应手。最后他仔细地挖了一勺脑子，满足地大口咀嚼美味。饕餮过后，怪兽把残羹剩饭和头盖骨都丢进垃圾桶，如厕，沐浴，剃须，再选了一套深色西服。走出豪宅，恭候在院子里的司机向他道过早安，载他向豪华气派的办公室飞驰而去。“今天一切都会顺利的。”怪兽乐观而自信，脸上浮现出一抹鲨鱼般凶残的微笑，打开了当天报纸的商务版。

出逃的花朵

一朵花从遥远而美丽的花园中逃了出来。它在海边舒展身躯，享受着新近得来的自由。忽然，它感受到深藏内心的孤独，痛哭失声。它流了太多太多的眼泪，最终干枯了。就是整个大海中的水也没法儿救得了它。

克隆

1

他是我从网上订购的。当时还必须寄一份自己的血样和公证授权书。价格不菲，但我还是毫不犹豫地给自己送了这份大礼。跟第三个妻子离婚以后，我很孤独；孩子们都住在国外，我们很少有彼此的音讯；朋友就更别说了，友谊对一个繁忙的生意人来说根本就是奢侈品。

正如之前收到的电子邮件通知所说，他在一

个炎热而安静的周日到来了。有人大声敲门，我打开以后，他大模大样地走了进来。他和取血样那天的我丝毫不差，包括外形、记忆和认知。他径直走向我最喜欢的沙发，毫不客气地坐了下来，自然而然地拿起旁边的报纸开始阅读。

不一会儿，他抬起眼睛看着我，目光里没有一丝惊讶。“给我来一杯威士忌加冰。”还补上一句，“要十二年的。”就继续低头看报纸了。我给他倒酒，又往杯子里加了几滴氰化物，搅拌均匀。他一口就喝下了半杯，愉悦地缓缓吐气，想继续读报，却猛然发现情况不对，力不从心，整个身体开始剧烈地抽搐起来。他想往起站，却身不由己，慢慢地就一动不动了。他死了，身体僵硬，姿势狰狞，表情痛苦，令人不寒而栗。

我把尸体丢进了焚烧炉，开始意识到独身一人的各种好处。启动炉子开关的那一刻，我感觉好多了。随后，我给自己调了一杯十二年的威士忌，碰都没碰刚才倒给他的六年的那种。

2

我让他替我去参加老板的生日晚会。很幸运，他非常乐意，兴高采烈地答应了。他是我一模一样的复制品，也了解关于我的所有。出厂的时候他就像一个新生的婴儿，对我生活中的一切还充满着激情和好奇。而对我来说，这些繁文缛节已经令人精疲力尽了。他明白，现在开始自己就是真实存在的，不再是虚幻的“海市蜃楼”。他不会让我丢面子的。

“要当心老板那个可怕的老婆，”我提醒他，“她特别迷恋小鲜肉，不管你多么小心，都可能被她盯上。讲些合宜的笑话，吃饭喝酒的时候举止得体，喝醉之前离开，记得保持微笑，争取给所有人都留下好印象。”

他现在应该正在享受我的生活吧。

明天我会派他替自己去工作，下班以后再去超市采购。我就留在家里，看看书，做做梦，梦里是其他人的生活，我做着其他人的克隆。

诗歌与爱情

甜美的女巫爱上了强壮的狼人。但赢得芳心的原因并不是那展露獠牙的笑容、桀骜不驯的眼神和嘴里说出的甜言蜜语，而是他诵读的诗歌。当他朗诵埃尔南德斯的诗篇时，她感到自己心中天鹅绒般柔软的地方被触到了；听到他读加西亚·洛尔迦的名句，她仿佛看见了闪闪发亮的珍珠和纯洁的少女。女巫请求心爱的人带她去河畔，狼人轻柔地应允了。两人在曼妙的月光下水乳交融，那是无以言表的快乐。随后，黎明到来了，他伴着鸡啼声远去，头也不曾回一下。隐隐约约传来吟唱声，美丽的女巫听懂了那些动人的词语，和以最美妙的歌——

我爱海员的爱情
吻得热烈，走得决绝
丢下一个承诺
此生永不复返

推荐阅读：

2019 年 4 月出版　　定价：42.00 元

［德］莫妮卡·马龙 / 著
［美］刘宏 / 译

德国克莱斯特文学奖、荷尔德林文学奖、德意志国家奖

得主莫妮卡·马龙唯一的爱情题材小说

被翻译成近二十种文字，中译简体版首次出版

将爱情的甜蜜、忧伤、迷狂，献给懂得的你